신북한학

하종오 시집

책 만 드 는 집
시인선 021

신북한학

책만드는집

2010년대에는 분단과 통일을 민족의 문제로만 바라봐도 안 될 것이고 세계의 문제로만 바라봐도 안 될 것이다. 남북의 분단 상황과 세계자본주의 체제 사이에서 남한 국민과 북한 인민을 포함한 세계 시민의 개개인의 일상이 별개일 수 없다는 것을 전제하고서 민족의 문제와 세계의 문제를 꿰어서 바라볼 때 통일로 가는 길목을 찾을 수 있을 것이다.

또 경제적으로 한국이 강대국의 반열에 올라서 있다는 현실 인식의 바탕 위에서 분단 상황과 세계자본주의 체제를, 그 유기적인 연관성을 성찰하면서 바라보아야 통일로 가는 길을 관념이나 이상이 아닌 생활 현실에서 넓게 닦을 수 있을 것이다. 이 시집에 등장하는 세계 시민 모두 시적 인물로서 당사자의 시선으로 자신과 세계를 마주본다. 그것을 시로 주목하려고 했다.

시와 소설, 운문과 산문, 사회성과 서정성을 분명하게 분별해버리는 한국문학에서 내 시의 애증을 나는 읽고 듣고 있고, 한국문학에 대한 나의 애증을 내 시도 읽고 듣고 있으나, 한국문학은 내 시의 애증과 나의 애증을 모른다.

금세기 초 한국의 리얼리즘 시는 왜 남북의 분단 상황과 세계자본주의 체제에서 불온하게 진화하지 못하고 현실을 자연스럽게 배반할까?

　『신북한학』을 한국의 리얼리즘 시에게 드린다.

　세계 처처마다 각기 다른 시간이 지나는 동안, 나에겐 시를
더 쓸 시간이 지나가기를 원한다.

—2012년 여름

하종오

| 차례 |

2부

3부

4부

1부

신북한학 新北韓學, 입문

내가 알고 싶은 점은
인천에선 해가 지기 전에
막일 마친 주민들이
바다 쪽 몇 번 힐끔거리기도 하는데
남포에선 그때 주민들이 무얼 하는지
의성에선 해가 지고 나면
노인들이 집에 불 켜놓고
바람 소리 들으며 자식들 기다리기도 하는데
갑산에선 그때 노인들이 무얼 하는지
내가 궁금해하는 점은
남녘보다 늦게 꽃망울 터지는 봄 속으로
아이들 데리고 구경하러 들어서는 부모들이 있는지
슬쩍, 슬쩍, 한두 송이 따서 웃옷에 꽂아주는지
남녘보다 일찍 단풍 드는 가을 속으로
노부모 모시고 구경하러 들어서는 자식들이 있는지
덥석, 덥석, 한두 잎 주워 가서 방 안에 붙여놓는지
내가 관심 있는 분야는
언제일지 모를 뒷날에

남북의 남녀들이 한직장에 다니게 될 경우,
점심시간이면
서울에선 식당에 같이 가서 입맛대로 시켜 먹고
각자 지갑에서 돈 꺼내 밥값 낼지 안 낼지
평양에선 그럴지 안 그럴지
휴식 시간이면
서울에선 혼자 앉아서
연휴 때 자가용에 기름 만땅 넣고
전국 드라이브할 궁리 할지 안 할지
평양에선 그럴지 안 그럴지
내가 공부하고 싶은 북한학은
시시콜콜한 현재와 미래의 그런 일들

신북한학, 음유 주민吟遊住民

북한에 어스름이 내릴 때
신의주 가면 신의주 사람들이 짓는 표정과
단천 가면 단천 사람들이 짓는 표정을
각각 다르게 읊는 그 지방 주민이 분명 한 명쯤 있다
나는 그를 만나면 물어볼 작정이다

신의주 사람들 중에서도
어스름에 덮이면
젊은이는 눈을 감는지 부라리는지……
노인네는 이마를 찡그리는지 펴는지……
그들이 나를 만나면
남한 사람들은 저녁에 술집을 전전하며 취한다는데
북한에 와서도 그럴 형편이 되는지를 궁금해하는지……
단천 사람들 중에서도
어스름에 덮이면
여자는 머리카락을 묶는지 푸는지……
남자는 수염을 깎는지 쓰다듬는지……
그들이 나를 만나면

남한 사람들은 저녁에 개를 데리고 외식한다는데
북한에 와서도 그럴 형편이 되는지를 궁금해하는지⋯⋯

남한에 어스름이 내릴 때
양구 가서 보면 양구 사람들이 산등성 향해 서고
강화 가서 보면 강화 사람들이 수평선 향해 서서
사그라지는 빛줄기를 광대뼈에 담아 짓는 표정을
각각 다르게 읊는 그 지방 주민이 분명 한 명씩 있다
신의주 사람들이나 단천 사람들이 그를 만나거든
내가 하려는 질문을 그대로 해줬으면 한다

신북한학, 동화

북한 동화는 주로 환상과 우화로 되어 있다고
북한학 연구하는 동생이*
시 쓰는 나에게 말했다
해 질 녘 펼친 동화책에
개와 남자애가 소곤거리는 모습이 보이지 않는다면
새와 여자애가 노는 광경이 그려져 있지 않다면
풀과 나무와 계집아이와 사내아이가
숨바꼭질하는 장면이 담겨 있지 않다면
북한에선들 아이들이 무슨 재미로 밤에 잠들겠나
사상과 이념을 전파해야 할 문학인
북한 동화에 왜 환상과 우화가 많으냐고
내가 수상쩍어 물으니
북한 동화는 환상과 우화를 통하여
은연중에 사상과 이념으로 충만한
어른으로 자라게 하는 문학이라고
동생은 담담하게 대답했다
호랑이와 토끼가 너나들이하고
나비와 꿀벌이 시시덕거리고

16

도토리와 밤송이가 노닥거리는
동화를 밤늦도록 읽을 수 없다면
북한에선들 아이들은 무슨 재미로 아침에 잠 깨겠나
그나마 사상과 이념으로 충만한 등장인물들을
동화에 직접 등장시키지 않아도 되는
동화 작가들은 이야기꾼 되기가 편했겠다며
내가 웃자 동생도 웃었다
손자 볼 나이에 만나
세계 명작 동화책을 밤새 보던
어릴 적 추억담을 나누던 자리에서

* 논문 「북한 동화의 '이야기 세계' 고찰」을 발표한. 북한학을 연구한 언론인이며
  나의 고종사촌인 양훈도의 견해를 차용했다.

신북한학, 부처

어느 주지 스님이 방북하여
최고위층 만나고 돌아왔다가
그다음엔 북한에 여행 가서
식당에 공양하러 들렀다가
일하는 처자에게 최고위층 만났다고 자랑했더니
자신에게도 경애하는 표정 짓더라고
나에게 설하였다

어디까지가 사실인지 허구인지 알 수 없지만
저잣거리 떠도는 부처님이 방북했더라면
최고위층이 만나주지 않았을 거고
그다음엔 북한에 수행하러 가서
식당에 탁발하러 들렀더라면
일하는 처자가 흔연대접했을 거라고
나는 어느 주지 스님에게 허풍 쳤다

남한에서도 최고위층이
스님 만났다는 보도는 있어도

부처님 만났다는 소식은 없다

하긴 운 좋아 잘 먹고사는 최고위층들은
팔자 사나워 최하위층으로 겨우 먹고사는
부처님 만나기 싫기는 하겠다

신북한학, 복무원

외국에 문 연 북조선 식당에서
복무원은 잘 응대하면서도
손님이 제멋대로 상상하는 걸
전혀 알려고 하지 않을 것이다

손님이 음식을 주문하고 기다리면서
성분 좋은 집안의 여식들 중에서 특별 채용되었는지
시골에서 학교 마친 처자들 중에서 공개 채용되었는지
엉뚱한 점을 궁금해할 때조차
복무원은 살풋, 미소를 지을 것이다

외국에 문 연 북조선 식당에서
복무원이 음식을 나르다가
맛있게 먹는 손님을 보면
조국이 자신을 외국에 보내 복무하게 한 속사정을
일체 생각하지 않고 바지런 떨 것이다
군침이 돌아도 함부로 먹고 싶어 하지 않고……
부모형제의 조석을 염려하지 않고……

숙소로 돌아가 잠들기 전에
이런 의문을 가진다면
복무원은 이제 귀국해야 할 때인지도 모른다
낮에 온 손님들
눈빛에서 보이던 건 뭐였지?
손짓에서 느껴지던 건 뭐였지?
말소리에서 들리던 건 뭐였지?

신북한학, 탈북기념일

아내가 훔쳐 온 강냉이로
죽 끓여 담은 국그릇을
두 손으로 감싸 들고 후루룩 마시던
어린 아들의 식사를
수없이 배곯았던 남편은
소중하게 기억한다
냉방에서 떨던 어린 아들을
한데로 데리고 나와
햇볕 속에서 꼬옥 안던 남편의 포옹을
땔감을 마련하지 못했던 아내는
소중하게 기억한다

아들이 다 커서 어른이 된 훗날,
자신을 번갈아 업고 안고는
오직 죽지 않기 위해
야밤에 뛰고 기며 국경을 넘던 아버지 어머니,
차츰 기억력을 잃으며 늙어가는 모습을 보던 해부터
탈북하던 날을 잊지 않기 위해

가족만의 기념일로 정하고는
해마다 단 하루 끼니 덜 먹고 난방 덜 하는데
모든 탈북자의 자손이 그렇게 하니
일 년 열두 달에 탈북 기념일이 있다

신북한학, 강의실

북한학 강좌가 열린 강의실에서
수강생들은 머릿속으로
북한의 강과 산과 인민 들을 떠올린다
강의가 시작되면
책 속으로 들어가서
각자 머릿속으로 떠올린
북한의 강과 산과 인민 들을
서로 비교하여 생각해보고
강의가 끝난 후에는
책 밖으로 나와서
또다시 각자 머릿속으로 떠올려 보는
수강생들은 언제든 마음대로 답사하여
체험 학습 할 수 없는 북한을 공부하다가
북한의 강과 산과 인민 들이
문제이면서 동시에 해답인 걸 알고
강의실을 나선다
북한학 강좌를 끝마친 텅 빈 강의실에는
마른강이 거슬러 오르기도 하고

벌거숭이산이 옮겨 다니기도 하고
어떤 인민이 강산을 떠메고 다니기도 한다

신북한학, 로고타이프

북한 상품들에 붙어 있는 로고타이프는
수십 년 전 남한 상품들에 붙어 있던
로고타이프와 비슷하다

그 무렵 상품들을 본 적 없는
남한 청년들에게는
색다른 로고타이프로 보여서
상품들을 사고 싶은 마음이 생길 수도 있다
오래돼 보이는 로고타이프가
북한 청년들에겐 익숙해도
상품들을 써보지 못했으니
오히려 더 사고 싶은 마음이 생길 수도 있다
로고타이프는 구매자들의 표정에서 본뜨니

다년간 로고타이프가 바뀌지 않은 북한 상품들 속에서
표정이 바뀌지 않은 북한 청년들과
수시로 로고타이프가 바뀐 남한 상품들 속에서
표정이 바뀐 남한 청년들이

언젠가 마주치면 서로 낯설어하겠지만
일단 같은 상품들을 사고 나면
그날부터 모두 같은 표정을 짓고 만다

신북한학, 만학도

육이오전쟁 때 월남한 아버지가
끝내 귀향하지 못하고 세상 뜬 후
아들이 북한학 공부를 시작했다

아버지가 고향에 계셨을 적에
앞산 뒷산 자작나무 숲이 아름다웠다고 했으니
언젠가 가서 바라보다가 정말 아름다우면
오래 머물러야겠다는 생각을 하기도 했다
그래야 자식 노릇이 끝날 것 같았으므로……
아들은 특히 북한의 산림에 관해 공부하면서
동네 야산마다 나무가 별로 없다는 기록을 접했을 땐
아버지가 생전에 그런 실정 몰랐던 걸 다행스러워했다
앞산 뒷산 자작나무 숲을 놔두고
피난 가기 싫어 울먹이기도 했다 했으니
아버지가 죽기 전에 알았더라면 분개했을 것이다

책 읽고 자료 훑으며
북한을 조금 더 알게 된 아들이

겨울날 인민들이 땔감 구하러
몰래 올라가는 앞산 뒷산을 상상해보면
여태 자작나무 숲이 남아 있을지 의문스러웠다

북한학 공부를 아무리 많이 해도
마칠 수 없는 분야가 있다는 사실을 알게 된 후
아들은 북한에 다녀올 날을 기다렸다

신북한학, 주민 비망록

봄볕 내리는 뒷날,
남한에 꽃 사러 온 북한 주민이 남한 주민에게
꽃은 북한 나무가 더 예쁘게 피운다고 주장하며
꽃 값 깎으려고 남한 나무를 깔보다가 다투면
남북전쟁 때 월남한 집안 자손을 찾아 물어보는 거다
그 말이 맞는지

가을볕 내리는 뒷날,
북한에 열매 사러 온 남한 주민이 북한 주민에게
열매는 남한 나무가 더 맛있게 맺는다고 주장하며
열매 값 깎으려고 북한 나무를 깔보다가 다투면
남북전쟁 때 월북한 집안 자손을 찾아 물어보는 거다
그 말이 맞는지

꽃 피고 열매 맺는 일이 나무마다 다 다를 텐데도
통일 후 뒷날,
남북 주민들이 남한산과 북한산으로 나누어 따지면
별난 눈썰미와 입맛을 물려받은

남북 집안 자손들 찾아 우열을 물어봐야 하는데
누굴 붙잡고 물어봐야 할지 모를 때를 대비하여
북주기 끝내고 쉬는 날에도
가지치기 끝내고 쉬는 날에도
전국 주민들이 한자리에 모여서
스스로들 비망록을 흙바닥에다 써놓는 거다
꽃 잘 보살피는 주민들,
열매 잘 키우는 주민들,
자신들의 가계도에 관해서도 이모저모

신북한학, 수채화

남한 목사들이 달력을 만들면서
북한 화가들이 옛 예배당을 그린
수채화를 실었다*

내가 그림 두어 장을 봤더니
깨끗한 한복 차려입은 남녀노소들이
옛 예배당 마당으로 모여들고 있었다

다 늙은 실향민들이 보고는 울었다고 한다
아이들이 형제자매일지도 몰라서
어른들이 아버지 어머니일지도 몰라서
삼삼했을 것이고
외벽에다 자신이 썼던 낙서가 떠올라서
실내에서 동무가 불렀던 찬송가가 떠올라서
먹먹했을 것이다
다 늙은 북한 인민들이 봤더라도 울지 않았을까
가죽 표지가 닳은 신구약 성경을 쥐고
주일날 주일학교에 출석하던 아이로

다시는 돌아갈 수 없어 슬퍼하지 않았을까
잠 깨워 새벽 기도회에 데려갔다 와서
아침 밥상 앞에 둘러앉아 또 감사 기도 하던 어른을
다시는 만날 수 없어 아파하지 않았을까

북한 화가들이 수채화를
손으로 그렸는지 마음으로 그렸는지
나는 짐작조차 할 수 없었지만
옛 예배당 마당에 자신과 형제자매와 부모님을
깨끗한 한복 차려입은 남녀노소들로 등장시킨 뒤
비로소 붓을 내려놓았으리라고 믿고 싶었다
그래서 늙은 실향민들이 울었다고 나는 착각하고 싶었다

* 전국기독교총연합회와 우리민족교류협회가 평양만수대 창작사 소속 북한 작가
들이 수채화로 그린 북한 교회 그림 12점을 2012년 달력에 담아 배포하였다.

신북한학, 이음동의어

잔귀라는 낱말을 처음 보고 나서
이렇게 저렇게 뜻풀이해봤는데
알쏭달쏭했다
잔에 귀처럼 달린 손잡이인가
잔꾀가 넘치는 귀신인가
작은 귀퉁이인가
잔처럼 생긴 귀인가
반백 년 넘도록 우리말을 하고
우리글을 써왔는데도
도무지 모르겠으니
어이가 없었다
국어사전을 뒤적여 찾아보고는
나의 잔망스런 해석에 헛웃음 웃었다
북한 사람이 잔귀라고 하면
남한 사람이 못 알아듣고
남한 사람이 가는귀라고 하면
북한 사람이 못 알아듣는,
소리가 다르고 뜻이 같은 낱말이었다

신북한학, 교수법

책에 쓰인 북한 생활상은
저술자가 본 경우에 지나지 않으므로
인민의 눈으로 글을 읽게 하면
문장과 문장 사이 빈 광경을 볼 수 있고
강사가 책에 쓰인 대로 강의할 때
인민의 귀로 듣게 하면
말과 말 사이 긴 침묵을 들을 수 있다

글 읽고 강의 듣고 난 후엔
인민의 머리로
빈 광경과 긴 침묵에 대해
생각하도록 가르치고
인민의 입으로 질문하도록 하고
인민의 손으로 필기하도록 하면
누구나 북한 생활상을 알 수 있지만
정작 잘 몰라서 잘 가르칠 수 없는 건
인민들 제각각인 눈과 귀와 머리와 입과 손이다

2부

도쿄 유감 1990년

일본 기업 본받아야 한다며
회사에서 견학 보내주던 그해
도쿄에 갔다
붐비는 초저녁엔 거리 걷다가
뒷골목으로 들어서곤 했는데
지방 도시에서 자랄 때
어른들이 왜정 시절 왜놈들 집이라고 말하던
목조 가옥이 즐비하게 서 있고
기모노 입은 여자들이 전등불 내다 거는 광경 봤다
부산한 한낮엔 전철 타고
외곽 동네 역에 내려서 걷곤 했는데
서울 변두리보다 골목길이 깨끗하여
무작정 구경하며 돌아다니다가
기모노 입은 여자들이 두 손 모아 쥐고 허리 꺾어
서로 몇 번씩 인사하며 헤어지는 모습 봤다
일본 기업이 한국 기업보다 앞선 까닭은
기모노 입은 여자들 때문인가 싶기도 했다
혹시나 한국말로 말 걸어오는 자가 있으면

조총련계일지도 모르니 조심하라는
출국 전 안보 교육도 받던 그해
도쿄에 머물던 내내 만나지 못했다

중국 유감 2002년

한국전쟁 전에 태어난 선배는
아버지가 전사해서
편모슬하에서 자라며
늘 한국을 떠나는 날을 꿈꿨다
왜 그런 꿈을 꿨는지
나는 물어보지 못했다

처자식과 아등바등 살던 선배는
중국으로 건너가서
대륙을 오가며 장사하다가
풍토병으로 병사하고 말았다
왜 그 나라로 갔는지
나는 물어보지 못했다

한국전쟁 때 중공군과의 전투에서
아버지가 총 맞아 전사한 걸로 알고 있던
선배는 중국을 마음대로 돌아다님으로써
설움을 털어내고 싶었을까

한국의 전장과 중국의 시장 사이에서
선배는 무슨 의미를 찾으려 했을까
나는 모든 전쟁에 의문이 많아도
전쟁터에서 아버지를 잃지 않아서인지
그 수준밖에 상상하지 못하는데
정작 선배는 처자식 건사하기 위해 돈 잘 벌 수 있는 곳으로
개방된 중국이 다른 나라보다 낫다고 여겼는지도 모른다

마카오 유감 1989년

해외여행 자유화 직후 처음 마카오 갔을 때
가이드가 엄숙하게 지침을 내렸다
북한 사람이 말 걸어와도 대꾸하지 마세요!

남한 사람과 북한 사람이 허락받지 않고도
만날 장소가 있다는 설명으로 들려서
나는 호기심으로 마카오 시내를 돌아다녔다
마카오, 마카오, 마카오, 뇌면서
식민지 시절 양복 입고 중절모 쓴
우국지사들의 은신처를 괜히 떠올렸지만
외국인들이 모여드는 관광도시인데
마음대로 머무는 북한 사람이 있다면
내가 볼 수나 있는 신분일까 싶었다

마카오를 떠나올 때까지
각국의 관광객들이 오고 가는 중에
북한 사람을 은근히 두렵게 찾았으나
나는 누구도 마주치지 못했다

마카오를 떠나려고 모였을 때
가이드가 걱정스레 물었다
아무도 북한 사람과 만나지 않았겠지요?

타이완 유감 1989년

타이완에 여행 갔다가
저녁 노천카페에서 만난 주민과
맥주잔 앞에 놓고
필담 나눈 적 있었다
내가 한자 썼던가
그가 한문 썼던가
영어 단어 나열했던가
서로 국적과 직업 물었고
그리고 잡담했다
그가 나에게 북한에 가봤느냐고 물었고
나는 가보지 못했다고 대답했고
내가 그에게 중국에 가봤느냐고 물었고
그는 가보았다고 대답했다
서로 능숙하게 표현할 공통어가 없었으므로
끝내 피차 하지 못한 질문이 있었으니
언젠가 타이완과 중국이 합쳐질 때
어떻게 합쳐져야 하는가 하는 점이었고
언젠가 남한과 북한이 합쳐질 때

44

어떻게 합쳐져야 하는가 하는 점이었다
저녁 거리 붐빌 때
그와 나는 더 이상 이어갈 말이 없어
맥주잔 들고 눈웃음 웃었다
서울과 마찬가지로 타이베이도 가로등이 환했다

몽골 유감 2008년

자영업 하는 친구들이 소개하기를
그를 몽골 노동자라고 하고
나를 한국 시인이라고 하여
서로 반갑게 인사했다

한국인은 부지런하여 잘산다며
몽골인이 본받아야 한다고
그가 한국말로 또박또박 말하기에
초원에서 천천히 가난하게 사는 몽골인을
한국인이 배워야 한다고 생각하던
나는 갑자기 한국말이 더듬거려졌다

그가 나에게 몽골 시를 읽어봤느냐고 묻고는
곧장 몽골어로 읊기 시작했다
내용을 알아들을 수 없어도
잔머리로 상상하고 낱말을 고르고
한두 구절 썼다가 수십 번 고치고 다듬는
내 시보다 리듬이 활달했다

나는 그에게 북한을 탈출하여
몽골로 가 자진해서 국경 수비대에 붙잡혔다가
한국으로 들어오는 북한인을 봤느냐고 물었다
그는 한국에 와서야 들었다고 대답하면서
공연히 미안한 표정을 지었다

그와 내가 막 이주 노동자의 문제로
진지하게 이야깃거리를 옮겨 가는데
자영업 하는 친구들이 듣기 싫은지
왁자하니 술잔을 부딪치며
제멋대로 떠들기 시작했다

필리핀 유감 2006년

외국 작가 초청 대회 뒤풀이가 벌어졌다
필리핀 젊은 여성 작가는 영어로 말하고
한국 젊은 작가들은 한국어로 말하니
통역자가 양쪽 말을 옮겼다
필리핀 공식 언어인
영어를 사용하는 주민들과
타갈로그어를 사용하는 주민들에 관해
주로 묻고 답했다

필리핀 젊은 여성 작가라면
당연히 관심을 가질 문제라고 생각하여
한국 남자에게 시집온 필리핀 처자가
많은 걸 아느냐고 내가 물었더니
뜻밖에도 모른다고 대답했다
한국 젊은 작가들 가운데서도
필리핀 처자에게 장가가는 한국 남자가
많은 걸 모르는 이가 있으니
한심한 대답은 아니라고 나는 생각하면서

더 이상 말을 붙이지 않았는데
한국은 공산 북한과 휴전 중이지만
필리핀에서는 아직 공산 반군이 총을 쏜다고
필리핀 젊은 여성 작가는 뜬금없이 말했다

한국 젊은 작가들은 문답할 거리가 없었던지
끼리끼리 통하는 말로 수다를 떨었다
외국 작가 초청 대회 뒤풀이의 공식 언어는 잡소리였다

베트남 유감 2005년

옛날엔 어린 베트남 민족해방전사였던
늙은 아버지가
정글에서 총 맞은 다리 절면서
논일하며 지내다가 한국에 왔다
베트남 농촌에서 자란 막내딸이
도시로 나가 돈 벌기 위해
택할 수 있는 직업으로는
한국인이 세운 공장의 여공이나
한국인이 문 연 술집의 접대부였으나
한국 농촌으로 시집가서
알뜰살뜰 돈 모아 아버지를 초청한 것이다

옛날엔 어린 베트남 민족해방전사였던
늙은 아버지가
한국에 와서 들어보니
정글에서 맞총질했던 한국 병사들은 병들었고
또 오랫동안 휴전 중인 나라인데도
종전한 베트남보다 훨씬 잘사니

막내딸이 돌아가지 않겠다 싶었다
피아가 각자 방식으로 더 잘살려고
죽고 죽이는 전쟁이 없는 데라면
누구나 머물 수 있는 법,
그러나 막내딸은 그런 생각 아예 하지 않고
아버지가 베트남으로 떠나는 날
돈 몽땅 드리고 다시 알뜰살뜰 살림을 챙겼다

태국 유감 2009년

남한에서 비행기 타고
바다 건너 태국으로 놀러 간
중년 남자는 관광지를 다니다가
한국으로 돌아왔다

북한에서 걸어서 도망쳐
대륙을 지나고 태국으로 숨어든
중년 여자는 자진해서 감옥 갔다가
한국으로 들어왔다

나라가 나누어지지 않은 태국 시골 사람들은
나무 그늘 아래 앉아서
남한 남자와 북한 여자를 구분하지 않았고,
여행자든 도망자든
찾아와 쉴 자리를 원하면
옆자리를 내주었다
햇볕은 뜨거웠다

태국에 머무는 동안
관광지에서 보낸 중년 남자와
감옥에서 보낸 중년 여자는
한국에 와서도 다른 장소에서 보냈다

미얀마 유감 2007년

조국의 이름을
버마로 부르는 버마인들과 함께
저녁 식사를 하는 자리에 나갔다
수많은 버마 국민들을 죽인 군사정권이
그 흔적을 덮으려고
조국의 이름을 미얀마로 바꾸었지만
부정하는 버마인들이 항쟁하다가
대학에서 퇴학당하고 직장에서 해고당하고
감옥에 끌려갔다가 풀려나자
한국에 와서 지하 공장에 취업해 노동하며
미얀마에 투쟁하고 있었다
수줍어하기도 하고 열변을 토하기도 하는 그들……
독재자 여러 번 쫓아낸 적 있는 한국 국민들이니
자신들을 품어주고 밀어주려니 기대하고 나온 그들……
나는 타국의 공장에 가서 노동하며 저항한
한국 국민들이 별로 없다는 걸 떠올리며
밥을 우물우물 삼켰다
조국의 이름을

반드시 버마로 부르는 버마인들을
제대로 알지 못하는 한국 국민들 중 하나인
나는 밥 한 끼를 같이하고 헤어졌다
그들이 버마로 돌아가는 훗날엔
분노의 분위기도 없고 눈물의 맛도 없는
저녁 식사를 잊기를 바랐다

인도 유감 2011년

친구는 인도로 간 후 소식이 끊겼다
한국계 다국적 기업의 임원으로
중국에서 근무했으나
더 이상 상품을 팔지 못하자
인도로 발령받았다고 했다

친구는 인도에 가기는 갔을까
친구는 인도에서 상품을 팔기는 팔까
친구는 가난한 주민이 훨씬 더 많은 인도에서
부유한 주민을 찾아다니는 직업에 만족하기에
이런 잡생각 하는 내가 싫어졌을까
인도라고 하면 아직도 나는
갠지스 강에서 몸을 씻는 힌두교도들과
거리를 어슬렁거리는 소들과
그 풍경 속으로 걸어 들어가는 수많은 여행자를 떠올리니

친구는 절망할 줄 모르던 비즈니스맨이었다
한국의 시골 출신이 외국의 도시로

외국의 시골 출신이 한국의 도시로
돈 벌러 떠나는 일이 지구의 일상사가 된 이즈음
나는 인도로 간 친구의 소식이 못내 궁금하다

아프가니스탄 유감 2003년

청년은 한국에서 군 복무할 때보다
봉급을 많이 준다기에
아프가니스탄 파견군에 지원했다
개인적으로는 적이 없었지만
봉급을 많이 받는 동안에는
청년에겐 이미 정해진 적이 있어
자신이 죽을 수도 있다는 걸 알아
상대를 죽일 준비가 되어 있었지만
물론 봉급을 적게 받는 한국에서도
청년에겐 이미 정해진 적이 있어
자신이 죽을 수도 있다는 걸 알아
상대를 죽일 준비가 되어 있었지만
민간인이 되어 하고픈 일이 더 많았기에
자신도 적도 맞총질하지 않을
기술사병으로 아프가니스탄에 왔다
피아가 분명한 전장이 체질에 맞지 않았지만
기왕지사 봉급을 받는 군인이 되었으니
청년은 돈을 잘 모아 제대한 후

대학에 등록금을 내는 학생이 되고
부모님에게 용돈을 드리는 자식이 되려고
아프가니스탄에 파견군으로 왔다

예루살렘 유감 2007년

예루살렘에서 한글 공부하러 왔다가
내일 서울을 떠나는 청년은
한국 친구들이 마련한 송별회에서
구레나룻을 떨면서
팔레스타인 노래를 불렀다

청년의 구슬픈 목소리가
저무는 해를 끌고 오고
성마른 바람 소리를 일으키고
전장에서 쉬는 전사를 보여주어서
한국 친구들은 눈앞에 펼쳐진 광경 속으로
우울하게 들어갔다가 나오곤 했다

노래를 마친 청년은 한국말로
팔레스타인계 이스라엘인이라고 했다
예루살렘을 벗어나면 팔레스타인인,
예루살렘에 머물면 이스라엘인,
자신은 쫓아내는 자이면서 쫓겨나는 자라고 했다

서울에서 친해진 한국 친구들 중 몇몇은
청년의 말을 듣고는 느닷없이
육이오전쟁 때
월북한 이남 출신 어른들과 월남한 이북 출신 어른들이
끝내 오고 가지 못한 채 늙어 죽는 모습이 떠오르자,
한글 공부를 그만하고 예루살렘으로 되돌아가는
청년과 건배한 후 갑자기 침묵하였다

팔레스타인 유감 2011년

가난했던 남한의 군부독재 시절에
가난했던 팔레스타인으로부터 배웠다,
나는, 저항과 자주와 민주에 관하여,

지금 잘사는 남한에서 살면서
잘살지 못하는 팔레스타인을 생각하지 않다가도
이스라엘과 오래 분쟁하는 팔레스타인인들이
몇몇 세력으로 흩어져 산다는 보도문을 읽으면
나는 땅이 나누어진 남북을 다시 생각하게 된다

이 상황에 고려할 점이 있다면
어느 땅에서는 아직도
저항과 자주와 민주를 생각해야 한다는 점이다
한 권력은 다른 권력이 생겨나지 않도록
국민들을 분산시켜놓고
때로 땅에서 거둔 식량으로 조종한다
먹어야 산다는 것이 인간에겐
가장 수치스럽고 가장 성스럽다는 것을

권력들은 비망록에 써놓고 있을 것이다
나는 그런 권력들을 부정한다

팔레스타인인을 만난 적 없고
팔레스타인에 가본 적 없어도
팔레스타인으로부터 배운다,
나는, 땅이 없는 나라에 관하여,

중동 유감 1999년

이북에 땅을 두고 피난 온
부모님한테 태어나
지지리도 고생하며 자란 그는
젊어서 중동에 잡부로 나갔다가
돈 벌어 와 마련한 논밭에서
농사꾼으로 늙었다

논에 나가선 농약을 치고
밭에 나가선 화학비료를 뿌리며
벼와 고추를 더 많이 거두려고 했다
집 마당에서는 식용 개들을 키웠고
팔아서 여윳돈 생기면 술을 마셨다

이래저래 살아온 생애에서 그가
피난민 어린 자식 시절을 부끄러워했고
중동 잡부 시절을 자랑스러워했고
농사꾼 시절을 징그러워했다

중동 사막에서 일하던 중에는
논밭 사들일 날을 기다렸던 그가
논밭에서 일하던 중에는
중동 사막에 놀러 갔다 오고 싶어 하다가
이북 땅으로 부모님 모시고 구경 갔다 오고 싶어 하다가
술에 취하면 고래고래 소리 질렀다
내 논밭이 중동 사막보다 넓다!
내 논밭이 이북 땅보다 넓다!

아프리카 유감 2010년

나이 마흔 살 적에
아프리카에 가서 장사하겠다며
직장 동료가 사직서 냈다
해외여행 자유화가 실시된 지 몇 년
열대림에서 무슨 장사 하려는가
내 의문은 그 정도에 머물렀는데
에티오피아에 가겠다고 말하기에
가난한 나라보다는 잘사는 나라로 가야
장사가 되지 않겠느냐며
남아프리카공화국으로 가라고 권한 뒤로
그와는 연락이 끊겼다

아프리카라니!
에티오피아라니!
남아프리카공화국과 마찬가지로 한국전쟁에 참전한 나라,
황제를 쫓아내고 공산주의 군부독재를 넘어 민주화한 나라,
직장 동료는 한국보다 후진국인 에티오피아에서 장사했는지
은퇴한 요즘까지도 나는 모른다

조금 상상해본다면

그는 에티오피아에서 돈벌이하기가 버거워

해 뜬 낮에는 나무 그늘 아래서 낮잠 자고

해 진 저녁에는 술집 마당 원탁에 앉아

주민들과 술 마시며 재밌게 노닥거렸거나

열대림으로 잠시 여행만 했을 수도 있다

직장 생활 같이 했을 때

나나 그나 늘 뜨거운 영혼을 그리워했기에

남아프리카공화국에도 들러 빈민 동네 기웃거렸을 수도 있다

아예 아프리카 어디든 떠돌아다니다가 되돌아왔을 수도 있다

블라디보스토크 유감 2010년

블라디보스토크에 장사하러 다니는
친구가 알려주었다
처음 만나는 러시아인들은 묻는단다
어느 나라에서 왔느냐,고
한국에서 왔다고 하면 다시 묻는단다
남한이냐 북한이냐,고
남한 사람이라고 하면 친근하게 대하고
북한 사람이라고 하면 아예 무시한단다
그러면서도 러시아인들은
북한 사람을 불러다가 일 시키는데
인건비 싸고 솜씨 좋기 때문이라고 한다

러시아인들로부터
남북한 사람들이 구분당하는 것이
친구는 자존심 상하더라고 했다
겨울이면 차디찬 눈보라가 몰아치는
블라디보스토크에 돈 벌러 와서도
남한 사람은 잘 먹고

북한 사람은 잘 먹지 못하는 것을
결단코 개인 탓으로 돌릴 순 없다고
친구는 강변했다

블라디보스토크에 다녀올 적마다
아버지 무덤 찾아 인사를 올린다는 친구는
남북전쟁 때 북한에서 남한으로
잠시 피난 왔다가 영원히 귀향하지 못한
실향민의 자식이었다

워싱턴 디시 유감 1994년

미국인은 평생 용돈 모아
워싱턴 디시에 관광 온다는
친구의 말 듣고 나는 놀랐다
한국에 사는 내가 용돈 모아
워싱턴 디시에 관광 온
사실과 같았던 것이다
가난한 미국인과 가난한 한국인
똑같이 여기지 않는 나를 발견하고
나는 거듭 놀랐다

나는 아직도 가난한 한국인은
서울 한 번 구경하지 못하고
죽는다는 걸 모르고 있었고,
미국은 워낙 잘사는 나라이기에
가난한 미국인이 없어서
너른 국토 쉽게 왕래하는 줄 알고 있었다
빈국이든 부국이든
빈자가 부자보다 항상 더 많다는

평범한 사실 잊고 있었다니,
나는 워싱턴 디시에 와서
자본주의 국가에 대한
나의 난센스를 탄식했다

칠레 유감 2005년

그가 아무개 회사의 주식을 사놓고 칠레에 관광하러 갔다

칠레 농부들은 초라한 차림새로 있다가 얕잡아 보는 그와 맞대면하면 웃어주었고

과수나무들은 뜨건 해를 가리고 있다가 그가 스쳐 지나가면 그늘을 내려주었다

그 사이 아무개 회사는 칠레에서 과일을 값싸게 사 와 한국에서 값비싸게 팔았다

아무개 회사로 과일을 중개한 칠레 회사는 이익을 많이 남겼고

칠레에서 돌아온 그도 주가가 올라 이익을 많이 남겼으나

맞대면하며 웃어주던 칠레 농부들과 그늘을 내려주던 과수나무들을 떠올리진 않았다

그는 또 금강산으로 관광하러 가기 전에 북한산 농산물을 수입하는 업체와 관련된 주식을 물색하고 있었다

3부

베스트셀러

남한에서 출판한 저작물이
베스트셀러 되는 바람에 초청받은 저자가
북한을 즐겁게 떠나와서
사인회 열 날이 올 것이다

나는 책 여러 권 냈으나
한 권도 베스트셀러 되지 못했으므로
그와 한자리에 앉지는 못할 테다
오른손에는 그의 저작물을 들고
왼손에는 나의 저작물을 들고
줄 서서 기다리다가
북한의 풍속과 지리와 자연의 변천사를 기록한
그의 저작물에 사인을 받으면
나의 저작물을 건네줄 작정이다
그때 나의 감정을 서술한 책을 받아 든 그가
책갈피 스륵, 스륵, 넘기다가
문장 하나에 필이 꽂혀서
나에게 사인을 부탁할는지

잘 읽히지도 않는 책들을 마음껏 낸
약력만 훑어보고 나를 부러워할는지
지금은 알 수 없어도
상상만 해도 가슴 벅차오른다

북한에서 출판한 저작물이
베스트셀러 된 적 없는 저자가
남한에 초청받아 와서
고액 인세를 받고 얼떨떨해하다가
독자들한테서 직접 독후감까지 듣고 나면
수년간 생계비도 벌어놨으니
사인회 더 자주 열 수 있기를 바라면서
아주 열심히 집필할 것이다

독서법

어쩌다 나는 북한 시를 읽다가
표지를 덮어버린 적 있다
북한 시인들이 내 시를 읽으면
표지를 덮어버릴까

내 시가 북한에서 발표되지 않았고
내 시집이 북한으로 수출되지 않았으니
남한에 독자가 별로 없는 나에게
북한에 독자가 있을 리 더욱 없다
이런 잡생각 하는 나를
북한 시인들은 쯧쯧쯧 혀 차겠다
표지에 손가락을 갖다 대고
들춰봐야 할지 말아야 할지
잠시라도 망설이지 않아도 되므로
북한 시인들은 허허허 헛웃음 웃겠다

어쩌다 북한 시인들이 내 시를 읽다가
표지를 덮어버린다 해도

내가 북한 시를 읽다가
표지를 덮어버렸으니
서로 같은 독서법이 아닐까

입을 모았더라면

북한에 다녀온 시인 몇이
체류하던 동안 먹기만 했는지
음식 중에서 가자미식해가
별미였다고 말했다

가자미식해!
식도락가도 아닌 내가 입맛 다신 건
단순히 시인 몇이 입을 모았기 때문이다
시인 몇이 맛나게 먹었을 정도라면
대단한 반찬일 터였다

나도 한 입 먹고 싶었으나
북한에 마음대로 갔다 올 수 없어
남한에서 가자미식해 잘한다는
강원도에 가서 사 먹었는데
별맛 느끼지 못하고 돌아왔다

북한에서 먹어야만

제맛 나는 음식이 있다는 건
더없이 좋은 일이지만
시인 몇이 관광하며 둘러보니
인민들의 입성이나 표정이나 걸음걸이가
가장 기억에 남는다고 입을 모았더라면
나는 그 모습들 보고 싶어 하겠다 지금도

특별한 이유

아버지를 함경도 사람이라면서도
친구는 피난지에서 태어났으므로
제 고향이 남한이라고 말했을 때
조상이 살아온 곳을
고향으로 알던 나는 친구에게
북한이 네 고향이라고 정정해주었다

아버지가 평생 입 밖으로 꺼내지도 않다가
늘그막에 와서 입에 달고 사는 고향을
친구는 전혀 알려고 하지 않았다
옥수수들이 그림자 길게 내려놓던
비탈밭에선 여우가 어슬렁거리고
굴뚝마다 연기가 피어오르는 시간에야
동무들이 들에서 놀다가 집으로 돌아가고
저녁에 개 한 마리가 짖으면
밤늦도록 개들이 짖어대던 동네였다고
아버지가 말씀했다지만
친구는 북한에 관심이 없었다

아버지가 고향에 한 번 다녀오지 못하고
세상을 뜨시고 난 뒤,
친구는 일가친척 없는 남한에서
유일하게 살아남아야 했으므로
북한을 고향이라고 밝혀야 할
특별한 이유가 없었다고 나에게 말했고,
고향이 남한인 내가
북한에 관심을 가지게 된 특별한 이유는
친구가 돌아가 살지도 모를 곳이기 때문이라고 말했다

나만의 여행기

북한을 다녀온 남한 시인들은 좀체
여행기를 말하지 않았다

내가 하도 궁금해하니
어느 시인은 북한 거리를 지나갔는데
흑백사진 속으로 들어가는 듯했다고 말했고
어느 시인은 북한 문학가들을 만나 이야기해봤는데
순박하더라고 말했다

나는 아무것도 상상되지 않는다
북한 거리를 지나가 본 적 없고
북한 문학가들을 만나 이야기해본 적 없으니
북한에 대해 왈가왈부해서는 안 될까
산골짝에 정치범 수용소가 있다거나 하는 따위
들판에 아사자들이 헤매고 있다거나 하는 따위

나도 언젠가는 북한에 다녀올 것이다
그때 문우가 물으면 나는 망설이지 않고

나만의 여행기를 이렇게
말할 수 있도록 변해 있기를 희망한다
북한 거리는 남한 거리보다 찬란하더라고
북한 문학가들은 남한 문학가들보다 예술가들이더라고

나의 최선책

북한에는 나를 불러줄 초청인이 없다
북한에는 내가 만날 상대방이 없다
북한과 사업할 만한 건이 없으므로
나는 방북 승인을 신청할 수도 없다

나에겐 고향 집을 두고 남하했거나
전쟁 중에 죽임을 당한 조상도 없는데
북한을 이리저리 생각해보는 건
남한에 사는 내가
가보고 싶으면 가봐야 하는 곳인데도
가보고 싶어도 가보지 못하기 때문이다

한 번도 가보지 못한 북한을
왈가왈부하다 보니
입버릇 된 건 아닌지
입 앙다물어 보거나 헤벌려 보기도 하지만
북한에서 태어나 도망쳐 온 사람들이
남한에서 하고 싶은 말을 상상해서

대신 시로 쓰는 짓거리는
내가 할 수 있는 최선책이라고 믿는다
나는 남한에서 태어났다
나는 남한에서 시인이 되었다

재취업

나는 개성공단에 가서 근무해보고 싶다
시 쓰다가 쉬고 있으니
상급직으론 안 되더라도
하급직으론 채용되지 않을까
어느 공장 경비 시켜준다면
도둑맞지 않도록 두리번거리겠지만
도둑 들더라도 모른 척 눈 돌리고,
어느 사무실 청소부 시켜준다면
바닥 쓸고 닦고 휴지통 비우다가
넋 놓고 먼산바라기도 하겠다
어차피 남한에서도 시인에게
폼 나는 일자리 주지 않으니
개성공단 통근버스 운전기사 시켜준다면
출퇴근하는 북한 여성 노동자들 태우고
안전 운행 하다가
전방에 마을이 보이면 한눈팔다가
차 안에 맴도는 말소리에 귀 기울이다가
핸들 놓치기도 하고

급브레이크 밟기도 하겠지만
북한 여성 노동자들도 나도 스트레스 받는 날엔
속 시원하게 속도위반도 해보겠다
그러다가 개성공단에서 잘린다면 귀가해서
나는 그걸 시로 써서 발표하고 싶다

한 재북在北 시인을 생각함

남한에서 젊은 한 시절을 지내던
그이는 고향에 다니러 갔다가
다시는 월남하지 못했다

토속적 서정시를 썼다고 평가받는 그이는
남북으로 갈라진 후
북한에서 당黨에 복무하는 시를 발표하였고
남한에서는 불온하게 취급되었다
자진해서 썼는지 강제로 썼는지
그이만 알 테지만
시를 쓰는 시인으로 죽지 못하고
농사를 짓는 농민으로 죽었다

시인도 생업으로 농사지을 수 있지만
시 쓰기도 겸업해야 시인이거늘
그이의 시는 당을 만족시키지 못하여
당으로부터 농민으로만 살라는 명령을 받았을까
자신이 쓰고 싶은 문장을 쓰지 못하게 되자

시인이기를 스스로 포기했을까

그이는 월북 시인이 아니었는데……

그이는 원래부터 북한에서 살던 재북 시인이었는데……

남한에서 해금되어 시집이 널리 읽힐 무렵에는

북한에서 돼지치기인가 양치기인가를 하고 있었단 풍문도
있지만

그이는 귀향하기 전 남한에서 지낸 자유로웠던 젊은 한 시
절을

북한에서 잊으며 늙어갔는지 그리워하며 늙어갔는지 아무
도 모른다

독자

분단이니 통일이니 하는 주제로
시를 쓰면 독자가 없다고 말하면서
나를 보고 쓴웃음 웃는 시인들이 있다

내가 읽히지 않는 시집을 내니
독자가 나를 인정하고 싶지 않을까
내가 시를 쓰면서 열패감을 느끼는 건
남한에도 북한에도 독자가 없기 때문일까

나도 서정시를 쓰고 싶을 때가 있다
나에게도 서정시를 쓸 문장이 있다
나도 난해시를 쓰고 싶을 때가 있다
나에게도 난해시를 쓸 문장이 있다
그러나 그러함에도 불구하고
분단이니 통일이니 하는 주제로
시를 쓰고 싶을 때가 잦고 쓸 문장이 많다
분단이니 통일이니 하는 주제로
한때 시를 썼던 시인들이

이젠 서정시도 잘 쓰고 난해시도 잘 쓰니
나도 마음만 먹으면 쓸 수 있을 테지만
나에겐 남한에도 북한에도 독자가 없으니
내가 서정시와 난해시를 아무리 잘 쓴다고 해도
다 읽힐 리가 만무하겠다

분단이니 통일이니 하는 주제로
나는 조금 더 시를 써볼 작정 하면서
나를 보고 쓴웃음 웃는 시인들만이라도
독자가 되어주기를 원한다

동화를 읽었더라면

다 낡은 창호지 문에 홑창에
바람벽이 얇은 오두막으로
내가 어린 아들딸을 데리고 인사 갔을 때
그이는 삶은 감자 몇 알 내놓았다

한국에서도 궁벽한 촌 동네에 살던
그이는 동화를 쓰면서
지구의 반대쪽에 떨어져 사는
아프리카의 아이들과 북한의 아이들을
동시에 걱정하고 염려했는데
아프리카와 북한을 다스리는 권력자들은
어찌하여 아이들을 굶주리게 하여
그이로 하여금 걱정하게 하는가
나는 행하지 않으면서도 속으로 욕했다
그이가 믿고 섬기던 하나님은
왜 아프리카와 북한에 가서
굶주리는 아이들을 먹이지 않고
그이로 하여금 걱정하고 염려하게 하는가

나는 행하지 않으면서 속으로 볼멘소리 했다

말없이 앉아 있는 어린 아들딸과
덕담 한 말씀도 하지 않는 그이와
나는 감자 한 알씩 껍질째 아껴 먹었다
아프리카와 북한의 권력자들, 그리고 또 하나님이
그이가 쓴 동화를 읽었더라면
그이가 쓴 동화를 읽었더라면
아이들을 굶기진 않았을 것이다
그 아이들이 그이의 동화라도 읽을 수 있었더라면
독서하는 동안이라도 배고픔을 잊을 수 있었을 것이다

4부

셈퍼 파이!*

멕시코계 빈민의 자식으로 태어나
여전히 빈민인 청년 잭,
일자리를 잡지 못하여
해병대에 자원입대하며
셈퍼 파이!

코리아에 배치되어 처음 왔을 때도
훈련받으며 봉급에만 신경 썼을 뿐
전방 철책선 너머에 적으로 있는
노스 코리아를 실감하지 못한 잭,
후방 담장 너머 도로에서 소음이 끊이지 않는
사우스 코리아에는 도통 관심이 없는 잭,
복무 기간이 끝나가도 봉급날만 기다리며
셈퍼 파이!

코리아에서 전쟁 위험이 커질수록
병사인 자신의 봉급이 안정적일 수도 있겠다는 걸
잭은 귀국을 앞두고 생각해봤으나

그래도, 셈퍼 파이!

미국의 도시에서는 멕시코계 빈민의 자식이었어도
세계의 전장에 나가면 막강한 미국의 해병대 병사 잭,
봉급 고스란히 모아 제대하는 청년 잭에게 주둔군 전우들이
셈퍼 파이!

* Semper Fi, '충성'을 뜻하는 미 해병대 구호.

첫 외출

젊은 미군 장교 에드워드 존슨
외모가 어머니를 닮지 않아서
아무도 한국계 미국인으로 보지 않는다
사우스 코리아에 배치되어 첫 외출 한
젊은 미군 장교 에드워드 존슨
외국인들로 붐비는 이태원 밤거리를 걸으며
너무 오래 휴전 중이라서
전운을 느끼진 못할 것이라던
어머니 말씀을 실감한다
하기야 사람들은 전쟁 중이라 해도
한쪽에서는 사랑하고 도둑질하고 화내고
자리만 만들어지면 신나게 놀기도 하고
또 한쪽에서는 굶주리고 신음하고 울고
때가 되면 먹을거리와 잠자리를 찾아 도망친다
그 광경을 이라크에서 보았다
사우스 코리아에서도 보게 될까
아버지의 조국을 위해서
어머니의 모국에 복무하러 온

젊은 미군 장교 에드워드 존슨
휴전 중인 걸 느끼지 못하는 한국인들이 의아하지만
미국인 부모님으로부터 듣지 못한 이야기가 있으니
한국인들은 전쟁을 원치 않기 때문에
이태원 밤거리에 휘황찬란 불 밝힌다는 점이다

고향 옛집

어른들이 피난 갔다가 와서 지었다는
고향 옛 기와집은
내가 오래 객지 생활 하다 돌아왔을 때
퇴락한 채 서 있었다
대청마루에서 놀던 어린 시절
어른들이 보는 반공 화보집을 곁눈질하면
군대 사진이 잔뜩 실려 있었다
내가 어느 나라 군대냐고 물으면
북한 군대라고 대답하던 어른들은
육이오전쟁 중에 겪은 사건을
틈나면 들려주곤 했다
인민군에게 쫓기던 대낮 피난길엔
기총소사를 피해 시골 초가집에 숨어서
겨우 살아남았다고도 하고
피난지에선 한밤에 적산가옥에서 마주친 미군이
총부리를 겨누다 가는 바람에
가슴을 쓸어내렸다고도 하던 이야기는
훗날 남들이 들려준 경험담들과는

조금씩 줄거리가 다르기는 했지만
요즘 와서 나름으로 하는 속생각은
전쟁을 시작한 자는 어떤 명분이 있었다 해도
사람들을 죽게 했으니 전범자라는 것이다
어른들이 다 본 반공 화보집을 들고
한 장씩 찢어 아궁이마다 불쏘시개로 썼던
고향 옛 기와집을 바라보면서
어른들이 피난 갔다 와서
오래 무너지지 않도록 집 지은 속내를 헤아려보려고
나는 한참 서 있었다

그 민둥산

학생 때 창밖을 내다보면
민둥산에 군인과 경찰들이
바삐 왔다 갔다 할 때가 있었다
그런 날이면 수업하던 선생님이
불발탄이 발견되어 제거하고 있으니
산 넘어 다니는 학생들에게 조심하라고 일렀다

육이오전쟁을 겪어보지 않았던 나는
민둥산에 포탄이 떨어져 있던 까닭을 몰랐다
요즘 생각해보면
휴전된 지 십 년도 안 지났기에
전흔이 여기저기 남아 있던 시절이었는데도
학교에선 열심히 가르치고 배웠다

그 민둥산은 이제 달라졌을 것이다
어린 학생들이 창밖을 내다보면
잣나무들이 우듬지로 산줄기를 잇고 있다가
어린 눈빛들 감당 못 해 푸른빛을 터뜨리며

산맥을 일으켜 세울 것이다

왜 누가 포탄을 떨어뜨리라고 명령했는지
왜 죽이지 않으면 안 되는 적으로 삼아야 했는지
왜 아직도 피아로 나누어져 있어야 하는지
내가 알 만큼 아는 나이가 되고 나니
절대로 하면 안 되는 것이 전쟁이라는 생각 들고
학생 때 창밖으로 내다보았던 민둥산이
새삼스레 눈에 자꾸 밟히었다

정오 사이렌이 울릴 때

낮 열두 시 사이렌이 장터에 울리면
이웃들은 집으로 돌아가고
장꾼들은 밥집을 찾아들고
개들은 개집으로 들어가서
점심 먹던 시절이 있었다

그 시간이면 맥고모자 눌러쓰고
다래끼 메고 낫을 든 먼 척 아저씨가
아침에 논에 나가던 모습으로
마을 길로 들어서면
바랭이가 앞서며 길바닥을 쓸고
봇도랑이 나란히 오며 먼지를 가라앉히고
고추잠자리가 뒤따르며 실바람을 일으켰다
인민군 탈출병이었다는 설도 있었고
국방군 탈영병이었다는 설도 있었는데,
그래서 징역 살다가 나왔다는
먼 척 아저씨에게서 모두가 고개 돌렸다
그러면 기죽어 지내던 먼 척 아저씨는

손으로 바랭이를 잡아 가장자리에 세워놓고
발로 봇도랑을 차서 뒤로 돌려놓고
입으로 소리쳐 고추잠자리를 위로 쫓아버렸다

요즘 외출했다가 낮 열두 시 되어
식당 찾아다니는 사람들을 보다 보면
장터에 사이렌이 울리던 시절이 떠오른다
바랭이가 한들한들 흔들리고
봇도랑이 출렁출렁 흘러가고
고추잠자리가 훨훨 날아다니는
산발치에 묻혔을 먼 척 아저씨는
이젠 점심시간 돼도 눈치 안 봐서 살 것 같겠다는
생각이 느닷없이 들기도 하는 것이다

영원한 기억

그 남자는 혈혈단신 월남한 뒤로
아들을 만나면 보여주려고
해마다 독사진을 찍어두었다
그럴수록 세월도 흘러서
아들을 만날 기약이 없자
독사진을 뒤적이기 시작했다

아들의 나이 서른 살이 되던 해부턴
자신의 나이 서른 살 때 독사진을 꺼내 보며
눈빛이 형형할 아들을 상상했고
아들의 나이 마흔 살이 되던 해부턴
자신의 나이 마흔 살 때 독사진을 꺼내 보며
이마에 주름졌을 아들을 상상했고
아들 나이 쉰 살이 되던 해부턴
자신의 나이 쉰 살 때 독사진을 꺼내 보며
흰머리가 났을 아들을 상상하며
혼자서 눈물을 찔끔거렸다

그 남자는 끝내 아들을 만나지 못했다
북한에 사는지 남한에 사는지
어디에서 어떤 모습을 하고 있더라도
사진 한 장 나란히 찍어보는 것이 소원이었던
그 남자는 아들을 어린 아기로만 기억한 채로 임종했다

어렵고 우아한 일

북한에선 몰랐던 것이
아주마이가 남한에 와서 지내보니
너무 많았다
집 밖에 나가면
길을 찾기 위해 버스 노선을 익혔고
집 안에 들어오면
식사를 마련하기 위해 취사도구를 익혔다
한가한 휴일에는
시간이 저절로 흐르게 놔둘 줄 알았고
바쁜 평일에는
사람들과 부대끼며 버틸 줄 알았다
그보다 어렵고 우아한 일도 했다
바람 부는 봄철에는
꽃잎을 받을 수 있는 슬기를 터득했고
비 오는 여름철에는
그늘을 데려올 수 있는 힘을 터득했고
낙엽 지는 가을철에는
땅바닥을 펴놓을 수 있는 마음을 터득했고

눈 내리는 겨울철에는
허공을 올려다보는 자세를 터득했다
남한에 와서 빨리 남한 사람이 되려고
아주마이가 많은 것을 배웠다

그 여자의 봉양

북한에서 탈출한 그 여자는
남한에서 아파트에 거주한 뒤로
햇빛 비쳐 드는 유리창으로
허공을 내다볼 적마다
부모님을 떠올린다

편리한 아파트에서 거주하면서도
어른들을 모시지 않는
이웃들이 이상하게 보일뿐더러
그 어른들도 역시 아파트에서 거주할 텐데
왜 자식들과 함께 생활하지 않는지 의아해하면서도
그 여자도 잘사는 남한에 적응하고 나면
부모님과 따로 생활하고 싶어 할지 모른다는
잡생각을 하기도 하다가
자신이 직장 일로 빠듯한 날
아버지에게 청소를 부탁하면
북한에서 늙도록 괭이질도 했으니
어머니에게 설거지를 부탁하면

북한에서 늦도록 풀매기도 했으니
기분 좋게 빨리 끝내고는
편히 쉴 자리를 찾아서 앉고 누울 거라고
상상하기도 한다

남한의 지방 도시에 정착한
그 여자는 북한의 시골 마을에선
달리 느껴지지 않던 햇빛이
아파트 거실을 환하게 밝히는 오늘,
궁리하고 또 궁리한다
부모님을 어떻게 모셔 와서
안방을 내어드릴 수 있을지

직업

남한에서 적응하기 쉬운
직업을 가지고 싶어서
박 씨는 보일러 수리공을 택하고
김 씨는 중장비 기사를 택하고
이 씨는 전기 기술공을 택했다

남한에 제각각 입국한 세 사람은
주거지가 제각각 다르고
나이가 제각각 다르고
직장이 제각각 달라서
서로 수입을 모르고
서로 지출을 모르고
서로 저축액도 몰랐다

그리고 몇 년 지난 뒤
세 사람이 제각각 실직하고
구직하러 한자리에 모여 인사하다가
서로 똑같은 처지라는 걸 알고

덕담하다가 잡담하다가 험담하기를
박 씨는 북한에선 보일러 수리할 데가 없다고 말하고
김 씨는 북한에선 중장비 운전할 데가 없다고 말하고
이 씨는 북한에선 전기 기술 써먹을 데가 없다고 말하였다

거주지

북한에서 탈출한 신부가
통일이 되더라도
안 돌아가겠다고 말하는데도
역시 북한에서 탈출한 신랑이
이유를 묻지 않았다

남한에서 살고 싶은 이유를
신랑이 물었다면
북한에선 나오지 않는
군침 도는 과일이 많고
보드라운 나물이 많고
졸깃한 고기가 많기 때문이라고
돈을 벌 수 있는 남한에서라면
그 밖의 것도 얼마든지
북한에서 사 올 수 있기 때문이라고
신부가 대답했을 것이다

신랑도 마찬가지일 것이다

친부모님과 처부모님을 모셔 오면 다 함께
여름에 시원한 옷을 입을 것이고
겨울에 따스한 집에서 잘 것이고
봄에 꽃놀이하러 갈 것이고
가을에 단풍놀이하러 갈 것이다

신부와 신랑이 결혼하기 전후에
북한에서 겪었던 사건을
서로 한 번도 묻지 않았고
남한에서 잘 살다가 죽자고 언약만 했다

손재주

북한에서 살 때부터
남의 머리카락을 매만지는
직업을 부러워했던 처녀는
남한에 와서 가장 먼저
미용사 자격증을 땄다

사람들은 몸을 남에게 맡기지 않아도
잘라도 한없이 자라는
머리카락은 미용사에게 맡기므로
꽃망울로 다듬어서 향기를 피우게 하고
나뭇잎으로 다듬어서 바람을 일게 하고
구름으로 다듬어서 허공을 높이게 하여
처녀는 손재주를 자랑하고 싶었다

또 처녀는 북한으로 갈 수 있는 날엔
빗과 가위만 챙겨 들고 가서
늙으신 어머니가 밭고랑에 엎드려
어지러운 쑥대머리를 하고 계시면

꽃망울로 만들어드리고 싶고
늙으신 아버지가 산자락에 올라서
헝클어진 봉두난발을 하고 계시면
나뭇잎으로 만들어드리고 싶고
늙은 형제자매가 장마당에 나가서
제멋대로 머리카락을 빗쓸고 있으면
구름으로 만들어주고 싶었다

북한에서 하고 싶은 직업을
남한에서 할 수 있게 된 처녀는
자신의 머리카락을 어루만지며
매우 만족해했다

망막

청년 때 북한 떠난 그 사람은
어머니를 늘 목말라 하면서
남한에서 천수를 누리고 눈감았다

고향 집 뒤란 우물가 앵두나무에
앵두 열렸는지
우물물 아직 먹을 수 있는지
해마다 궁금해하면서
때 되면 앵두 사다 씹으며
마른입 적시기도 하던
그 사람은 밥 먹거나 손 씻을 때조차
새벽마다 우물물 길어
가장 먼저 길은 물로는
쌀 씻은 후 돼지 죽통에 붓고
그다음으로 길은 물로는
대야에 담아 세숫물로 주던
어머니를 떠올리며 눈시울 적시곤 했다

임종할 때
늙은 그 사람의 망막에는
우물물 길으시던 중년의 어머니가 맺혀 있었을 것이다
늙은 어머니의 망막에도
우물물 마시던 청년의 그 사람이 맺혀 있었을 것이다

전방 도시

삼십 년 전엔 북단으로 가는 길목마다
경비 초소와 탱크 저지대가 있었다
위장망이 쳐진 군용 차량이 서행하고
완전군장 한 병사들이 종대로 행군하는 길을
나는 완행버스 타고 가다가 검문을 당하였다
이 도시와 대척되는 북한의 소도시도 최전방이었을
그 무렵 군인이 되어야 하는 청년이던 나에게
이 도시는 전장을 향하는 끝머리에서
불안한 소도시로 보였다

오늘 나는 승용차를 운전해서 달린다
이 도시엔 아파트와 아스팔트가 넘쳐난다
어떤 땐 전쟁이 일어날 수 있다는 풍문에
신혼부부들이 우울해하기는 해도
미군 부대가 철수하고 기지촌이 줄어든 이 도시와
대척되는 북한의 소도시는 여전히 최전방일까
배급이 줄어든 북한 인민들이
산나물을 뜯으러 야산으로 나다닐까

겨울엔 너무 춥고 흰 눈이 펄펄 내려 쌓여서
배고픈 고라니가 푹푹 빠지며 내려오다가
새빨간 피 뚝뚝 흘리며 잡아먹힐까
북한 인민들이 아사하기 시작한 무렵부터
남한 국민들이 건설하기 시작한 이 도시는
생전에 남한에서 북한으로
승용차 타고 가보지 못하고 늙는 나에게
허망한 신도시로 보인다

정체停滯

자동차들이 가다 서다 반복한다
브레이크 페달을 밟았다 떼었다 하며
내가 천천히 진입을 시도해도
자동차 운전자들이 틈을 내주지 않는다
북쪽으로 날아가기도 하고
남쪽으로 날아오기도 하는
기러기들 행렬이 보이는 자유로,
자동차들 행렬에 끼어들지 못하면
집으로 돌아가지 못하고
야외로 놀러 가지 못한다
언제일지 몰라도 때가 되면 언제라도
남한에서 출발해서 북한에 도착하기 쉽도록
북한에서 출발해서 남한에 도착하기 쉽도록
당국이 기획하여 닦았을 자유로,
어디로든 갈 수 있는 남한 주민이
어디로도 갈 수 없는 북한 주민을
한 번쯤 상상하게 되는 정체 구간에서
자동차 운전자들이 앞만 바라보면서

북쪽으로 달려가기도 하고
남쪽으로 달려오기도 하는
질주의 때를 기다리는 시간에
나는 쉽사리 진입하지 못한다

'하종오식 리얼리즘'의 득의得意
—탈분단과 지구적 시계視界

고명철 **문학평론가, 광운대 교수**

왜 누가 포탄을 떨어뜨리라고 명령했는지
왜 죽이지 않으면 안 되는 적으로 삼아야 했는지
왜 아직도 피아로 나누어져 있어야 하는지
내가 알 만큼 아는 나이가 되고 나니
절대로 하면 안 되는 것이 전쟁이라는 생각 들고
학생 때 창밖으로 내다보았던 민둥산이
새삼스레 눈에 자꾸 밟히었다
　　　　—하종오의 「그 민둥산」 중에서

1. '하종오식 리얼리즘'과 『신북한학』

하종오의 이번 시집 『신북한학』은, "금세기 초 한국의 리얼리즘 시는 왜 남북의 분단 상황과 세계자본주의 체제에서 불온하게 진화하지 못하고 현실을 자연스럽게 배반할까?"(「시인의 말」)의 물음에 대한 시적 응전이다. 『신북한학』은 종래 한국문학사에서 낯익은 분단문학의 문제의식을 재생산하는 것과 확연히 거리를 둔다. 우리는 익히 알고 있다. 한국전쟁 이후 분단시대의 고통을 겪으면서 한국문학의 최량最良의 성과들이 분단의 상처를 치유하는 도정에서 분단을 극복하고, 궁극적으로는 통일의 가치를 실현하기 위한 문학적 분투를 잠시도 멈추지 않았다. 이것은 자연스레 한국 사회의 민주 회복 문제와 연동되면서 한국문학의 미적 정치성과 윤리학의 주요한 몫을 수행하였다.

그런데 하종오 시인이 예각적으로 묘파하듯, 20세기 한국문학이 거둔 분단문학의 성취들이 어찌 된 일인지 21세기에 들어선 이후 이렇다 할 문학적 진보를 이뤄내지 못하고 있다. 이에 대해 또다시 거대담론의 시대가 지나갔고 다종다기한 미시담론의 현실에 놓여 있으므로, 분단문학도 예외 없이 대문자 역사와 관련한 문제를 다루는 것 자체가 시대 퇴행적일 뿐만 아니라 리얼리즘의 갱신에도 어긋나는, 심지어 경직된 진보로 비춰짐으로써 오히려 시대정신에 역행하는 반진보적 문학에 불과하기 때문이라는 진단은 상투적이기 짝이 없다. 게다가 이제 이러한 진단은 더 이상 설득력이 없다. 적공積功을 들인 리얼리즘은 거대담론과 미시담론의 경계를 획정하지 않고 상호침투적 관계를 통해 시대정신을 올곧게 탐문하고 실천하는 문학이다. 하여 중요한 것은 급변하는 현실 속에서 리얼리즘의 중차대한 문학적 과제를 해결하기 위한 새로운 문제의식을 가다듬기 위해 거대담론과 미시담론의 상호침투를 얼마나 치밀하면서도 유효적절히 그리고 치열히 궁리해내는가 하는 문학적 진실의 여부다. 그럴 때

> 나도 서정시를 쓰고 싶을 때가 있다
> 나에게도 서정시를 쓸 문장이 있다
> 나도 난해시를 쓰고 싶을 때가 있다
> 나에게도 난해시를 쓸 문장이 있다
> 그러나 그러함에도 불구하고
> 분단이니 통일이니 하는 주제로
> 시를 쓰고 싶을 때가 잦고 쓸 문장이 많다
> ─「독자」 부분

의 곳곳에 담대히 그러면서 절절히 배어든 하종오의 『신북한학』을 관류하고 있는 문제의식의 진정성을 감지할 수 있다.

하종오는 최근 몇 년 동안 『국경 없는 공장』(2007), 『아시아계 한국인들』(2007), 『입국자들』(2009), 『제국』(2011), 『남북상징어사전』(2011) 등의 왕성한 시작詩作을 통해 여실히 보이듯, 한국의

리얼리즘 시의 갱신의 새 지평을 열고 있다. 그의 『신북한학』은 이러한 맥락 속에 있다. 그의 시는 일국주의적一國主義的 프레임을 훌쩍 벗어나 지구적 시각을 확보함으로써 한국 리얼리즘 시가 당면한 문제를 해결하는 데 견인차 역할을 맡고 있다 해도 과언이 아니다. 나는 그의 이러한 시 쓰기를 이른바 '하종오식 리얼리즘'으로 파악한다. 이것은 그의 리얼리즘 시 쓰기가 종래 우리에게 낯익은 한국문학의 주제적 영토의 경계에 속박되지 않고, 그것을 지구적 시계視界 속에서 실천하는바, 하종오의 『신북한학』을 통해 세계자본주의 체제의 하위 체제인 분단 체제의 현실을 살고 있는 한반도 주민들의 삶이 비로소 문학적 실재로 드러난다.

2. 남과 북, 상호주관적 관계의 새 지평으로

분단의 현실을 극복하는 데 가장 큰 걸림돌이 무엇일까. 단연코 남과 북으로 나뉜 한반도의 주민들 사이에 팽배해진 적대적 관계일 것이다. 분단의 직접 당사자들이 서로를 향한 맹목적 타자의 시선을 완강히 고집하는 한 분단의 벽을 허물기 위한 그 어떠한 노력도 도로徒勞에 지나지 않다는 것은 상식을 지닌 한반도의 주민들에게 새로울 게 없다. 따라서 우리가 가장 경계해야 할 것은 무턱대고 서로를 부정하고 담을 쌓는 타자의 구별 짓기가 자초할 수 있는 영구 분단이다. 물론 그렇다고 분단의 역사를 한

순간에 무화시켜버리는 급진적 동일화에 깃든 낭만적 태도 역시
여간 골칫거리가 아닐 수 없다. 영원한 타자의 관계로 굳어지든
지, 합리적 이성이 결여된 전일자全一者의 관계로 수렴되든지, 그
어느 것 하나 분단의 문제를 상식적으로 생각하는 해법은 아니다.
　여기서 우리가 주목해야 할 지금 이곳의 이 난제에 대한 하종
오의 해법은 우선 냉철한 현실 인식에 기반을 둔다는 점이다.

　　사상과 이념을 전파해야 할 문학인
　　북한 동화에 왜 환상과 우화가 많으냐고
　　내가 수상쩍어 물으니
　　북한 동화는 환상과 우화를 통하여
　　은연중에 사상과 이념으로 충만한
　　어른으로 자라게 하는 문학이라고
　　동생은 담담하게 대답했다
　　―「신북한학, 동화」 부분

　　글 읽고 강의 듣고 난 후엔
　　인민의 머리로
　　빈 광경과 긴 침묵에 대해
　　생각하도록 가르치고
　　인민의 입으로 질문하도록 하고
　　인민의 손으로 필기하도록 하면

누구나 북한 생활상을 알 수 있지만
정작 잘 몰라서 잘 가르칠 수 없는 건
인민들 제각각인 눈과 귀와 머리와 입과 손이다
　　ー「신북한학, 교수법」 부분

아들이 다 커서 어른이 된 훗날,
자신을 번갈아 업고 안고는
오직 죽지 않기 위해
야밤에 뛰고 기며 국경을 넘던 아버지 어머니,
차츰 기억력을 잃으며 늙어가는 모습을 보던 해부터
탈북하던 날을 잊지 않기 위해
가족만의 기념일로 정하고는
해마다 단 하루 끼니 덜 먹고 난방 덜 하는데
모든 탈북자의 자손이 그렇게 하니
일 년 열두 달에 탈북 기념일이 있다
　　ー「신북한학, 탈북기념일」 부분

　하종오가 "공부하고 싶은 북한학은 / 시시콜콜한 현재와 미래
의 그런 일들"(「신북한학, 입문」)로, 휴전선 이북과 관련하여 어떤
특정 이데올로기의 삼투막을 통과한 것들이 아니다. 말하자면
주체가 인지하고 싶은 것들만 포착하는 타자의 현상학이 아니
다. 그러한 타자의 현상학은 말 그대로 타자의 진면목을 굴절시

키거나 은폐시킨 것에 불과하여, 타자의 타자성을 배제한 타자의 '또 다른 타자'를 만들 뿐이다. 하여 주체는 겹겹으로 변주된 타자들을 마주하는 가운데 자신도 모르는 새 그에 따른 주체의 분열에 직면한다. 사태가 이 정도이면, 주체와 타자의 관계는 심하게 뒤틀림으로써 좀처럼 정상적 관계로 회복될 수 없다. 이 같은 판단은 그동안 남과 북 사이에 똬리를 틀고 있는 숱한 적대적 사례들이 말해준다. 때문에 하종오는 이러한 타자의 현상학으로부터 벗어나 무엇보다 타자를 정직히 응시하는 태도를 취한다. 그래서 시적 화자인 '나'는 타자의 삶과 연루된 것들을 경청한다. "환상과 우화를 통하여 / 은연중에 사상과 이념으로 충만한 / 어른으로 자라게 하는 문학"이 북한 동화이고 북한의 생활상을 기록한 저술을 통해 그 생활 일반에 대해서는 충분히 가르칠 수 있지만 정작 그러한 실제 삶을 살고 있는 북한 인민들의 개별적 현실의 실태에 대해서는 "잘 가르칠 수 없"음을 시인하고, 무엇보다 오직 생존을 위해 "탈북하던 날"을 기억하기 위한 '탈북기념일'이 "일 년 열두 달에" 있을 수밖에 없는 탈북자의 비참한 삶을 가감 없이 듣는다. 시적 화자는 타자의 타자성에 정직해야 한다. 다른 것에 대해 동일성의 근거들을 애써 찾지 않는다. 다른 것을 다른 것 그 자체로 인정하는 것은 타자를 몰각하거나 배제하자는 게 결코 아니다. 도리어 다른 것의 존재와 가치를 인정함으로써 주체와 타자는 상호주관적 관계망을 이룰 수 있다. 이것이 바로 주체와 타자 사이의 동등한 관계를 상호 인정하는 성숙한 정치와 윤리이니, 이것을 감싸며 휩싸고 도는 게 얼마나 아름다운 미의식의 출현인가.

　남과 북의 이러한 상호주관적 정치와 윤리 및 미의식이 기반이 될 때, 20세기식 분단의 암 덩어리는 스멀스멀 녹아 없어질 터이다.

　　　꽃 피고 열매 맺는 일이 나무마다 다 다를 텐데도
　　　통일 후 뒷날,
　　　남북 주민들이 남한산과 북한산으로 나누어 따지면
　　　별난 눈썰미와 입맛을 물려받은
　　　남북 집안 자손들 찾아 우열을 물어봐야 하는데
　　　누굴 붙잡고 물어봐야 할지 모를 때를 대비하여
　　　북주기 끝내고 쉬는 날에도
　　　가지치기 끝내고 쉬는 날에도
　　　전국 주민들이 한자리에 모여서
　　　스스로들 비망록을 흙바닥에다 써놓는 거다
　　　꽃 잘 보살피는 주민들,
　　　열매 잘 키우는 주민들,
　　　자신들의 가계도에 관해서도 이모저모
　　　　―「신북한학, 주민 비망록」 부분

다년간 로고타이프가 바뀌지 않은 북한 상품들 속에서

표정이 바뀌지 않은 북한 청년들과
수시로 로고타이프가 바뀐 남한 상품들 속에서
표정이 바뀐 남한 청년들이
언젠가 마주치면 서로 낯설어하겠지만
일단 같은 상품들을 사고 나면
그날부터 모두 같은 표정을 짓고 만다
　　　　　　　　　　　—「신북한학, 로고타이프」 부분

　서로 다른 자연환경 속에서 살고 있으니 "꽃 피고 열매 맺는
일이 나무마다 다 다를" 것은 당연한 일일진대, 각자 성심성의
껏 잘 키워내는 일이 중요하고 그 자체가 바로 정치·경제적 이
념의 대립과 갈등을 보란 듯이 위반한 "흙바닥에다 써놓는" 비
망록이다. 이 생명을 키워내는 일에 진력을 다한 한반도의 주민
들은 너 나 할 것 없이 모두 이 비망록의 가치를 잘 이해한다.
또한 비록 상품의 로고 유형이 서로 다르되, 남과 북의 청년들
이 "일단 같은 상품들을 사고 나면" 모두 자본주의의 교환가치
를 극대화하기 위해 상품을 표상하는 기호들의 유형이 각양각색
일 수밖에 없다는 것을 이해한다. 그러면서 남과 북은 서서히
상호주관적 관계의 지평을 형성해간다.

3. 지구적 시계視界를 통한 탈분단문학

하종오의 탈분단문학에서 각별히 눈여겨보아야 할 것은 앞서 강조했듯, 지구적 시계視界로 분단의 현실을 넓고 깊게 인식하고 있다는 점이다. 그의 이러한 시적 인식은 새삼스러운 게 아니다. 그는 이미 전지구적 자본주의 질서 아래 노동의 유연성이 초래하고 있는 사회적 문제들을 지구 곳곳에 흩어져 있는 약소자의 삶과 현실을 통해 핍진하게 형상화하였다. 감히 말하건대, 한국의 리얼리즘 시는 하종오의 일련의 시작詩作을 통해 지구적 보편주의를 추구하는, 그리하여 제국帝國을 넘어서는 제국諸國의 행복한 일상과 가치에 대한 시적 형상화의 원대한 과제를 실천하기 시작하였다. 이것이 바로 '하종오식 리얼리즘'이다.

『신북한학』에서도 '하종오식 리얼리즘'은 빛을 발산한다. 그에게 한국전쟁 이후 전개된 분단 체제의 현실은 한반도의 지정학적 조건으로 국한되는 게 아니라 지구촌 곳곳의 현실과 상호침투적 맥락 속에서 새롭게 인식해야 할 시적 상상력의 지반地盤이다. 하여 그는 도쿄, 중국, 마카오, 타이완, 베트남, 몽골, 아프가니스탄, 필리핀, 태국, 팔레스타인, 예루살렘, 중동, 모스크바, 워싱턴 디시, 칠레, 아프리카 등 전 세계를 망라한 지역의 현실과 한반도의 그것을 중첩시킨다. 그의 시에서 주목해야 할 것은 한반도의 문제와 세계의 문제가 무관하지 않다는 것인데, 그저 세계의 한 부분으로서 한반도의 문제가 갖는 특수성을 부각시키

는 게 아니라 한반도의 현실이 세계의 현실이며, 세계에서 벌어
지는 일이 한반도 주민들의 삶과 매우 밀접한 연관이 있다는 데
대한 시적 인식의 투철성이다. 이러한 그의 시적 인식은 종래
구미 중심주의의 헤게모니 아래 제국帝國의 진원지에서 일어난
정치사회적 파장에 속수무책일 수밖에 없는 우리의 세계 인식을
전복한다. 그의 시적 인식은 제국諸國의 현실을 포괄한다. 가령
다음과 같은 시의 행간을 찬찬이 음미해보자.

예루살렘에서 한글 공부하러 왔다가
내일 서울을 떠나는 청년은
한국 친구들이 마련한 송별회에서
구레나룻을 떨면서
팔레스타인 노래를 불렀다

청년의 구슬픈 목소리가
저무는 해를 끌고 오고
성마른 바람 소리를 일으키고
전장에서 쉬는 전사를 보여주어서
한국 친구들은 눈앞에 펼쳐진 광경 속으로
우울하게 들어갔다가 나오곤 했다

노래를 마친 청년은 한국말로

팔레스타인계 이스라엘인이라고 했다
예루살렘을 벗어나면 팔레스타인인,
예루살렘에 머물면 이스라엘인,
자신은 쫓아내는 자이면서 쫓겨나는 자라고 했다

서울에서 친해진 한국 친구들 중 몇몇은
청년의 말을 듣고는 느닷없이
육이오전쟁 때
월북한 이남 출신 어른들과 월남한 이북 출신 어른들이
끝내 오고 가지 못한 채 늙어 죽는 모습이 떠오르자,
한글 공부를 그만하고 예루살렘으로 되돌아가는
청년과 건배한 후 갑자기 침묵하였다
　　　　　　　　　　　　―「예루살렘 유감 2007년」전문

　세계의 극심한 분쟁 중 하나가 팔레스타인과 이스라엘 사이의 그것이라는 것은 삼척동자도 다 아는 사실이다. 한국에 온 팔레스타인계 이스라엘인이 부르는 노래는 구슬프다. 타향에서 살아온 이방인이 고향을 애타게 그리워하는 서정이 차고 넘쳐나는 노래를 불러도 못마땅한 마당에 그의 노래에는 전장戰場의 을씨년스런 풍경이 에워싸고 있다. 오랫동안 서로의 존재를 인정하지 않는 가운데 민족적·종교적·영토적 대립과 갈등이 심화되면서, 급기야 타자를 소멸시키려는 절대악絕對惡이 절대선絕對善

으로 둔갑하는 차마 눈 뜨고 볼 수 없는 지옥의 풍경이 팔레스타인계 이스라엘인 청년의 노래를 한없이 침울하게 한다. 더욱이 안타까운 것은 이 청년은 "쫓아내는 자이면서 쫓겨나는 자"의 처지인바, 청년의 노래가 왜 침울하고 구슬플 수밖에 없는지를 알 수 있다. 하종오는 한반도의 지구 반대편에서 일어나고 있는 비극을 한국전쟁을 겪은 남과 북의 어른들로부터 발견한다. "월북한 이남 출신 어른들과 월남한 이북 출신 어른들"은 남과 북의 체제 경쟁에 따른 적대적 관계의 사슬로부터 평생 풀려난 적이 없다. 그들은 남과 북에서 생존을 위해 타자의 타자성을 지워내기 위한 고통의 질곡 아래 결국 생을 마감하고 있는 셈이다. 이렇게 지구 반대편의 분쟁으로부터 빚어지는 반인간적 고통은 한반도에서도 예외가 아니다.

여기서 하종오의 탈분단문학으로서 지구적 시계視界의 시편에서 주목해야 할 또 다른 게 있다. 그것은 이른바 분단자본주의의 징후에 대한 하종오의 시적 통찰이다.

그가 아무개 회사의 주식을 사놓고 칠레에 관광하러 갔다
칠레 농부들은 초라한 차림새로 있다가 얕잡아 보는 그와 맞대면하면 웃어주었고
과수나무들은 뜨건 해를 가리고 있다가 그가 스쳐 지나가면 그늘을 내려주었다
그 사이 아무개 회사는 칠레에서 과일을 값싸게 사 와 한국

에서 값비싸게 팔았다

　아무개 회사로 과일을 중개한 칠레 회사는 이익을 많이 남
겼고

　칠레에서 돌아온 그도 주가가 올라 이익을 많이 남겼으나

　맞대면하며 웃어주던 칠레 농부들과 그늘을 내려주던 과수
나무들을 떠올리진 않았다

　그는 또 금강산으로 관광하러 가기 전에 북한산 농산물을
수입하는 업체와 관련된 주식을 물색하고 있었다

　―「칠레 유감 2005년」 전문

　블라디보스토크에 장사하러 다니는

　친구가 알려주었다

　처음 만나는 러시아인들은 묻는단다

　어느 나라에서 왔느냐,고

　한국에서 왔다고 하면 다시 묻는단다

　남한이냐 북한이냐,고

　남한 사람이라고 하면 친근하게 대하고

　북한 사람이라고 하면 아예 무시한단다

　그러면서도 러시아인들은

　북한 사람을 불러다가 일 시키는데

　인건비 싸고 솜씨 좋기 때문이라고 한다

　―「블라디보스토크 유감 2010년」 부분

칠레산 과일을 값싸게 사들여 와 한국에서 값비싸게 팔아 돈을 벌고 있는 한국의 어느 무역상은 주식 투자의 재미를 톡톡히 보았다. 자본주의 사회에서 흔히 찾아볼 수 있는 기업가의 전형이다. 그가 자본주의 사회에 살고 있는 한 사적 재산을 소유하기 위한 상거래 행위 자체를 탓할 수는 없다. 기업가의 최대 목적은 이윤의 극대화를 달성하는 것이다. 다만, 그에게 막대한 이득을 가져다준 생산자의 노고와 자연의 고마움을 몰각하는 것은 으레 천박한 자본주의 상행위에 불과할 뿐이다. 하물며 이러한 그가 이윤을 극대화하기 위한 주식 투자의 성격이 투자가 아닌 투기로 전락할 것은 불을 보듯 뻔한 일이다. 문제는 그가 이러한 방식으로 "북한산 농산물을 수입하는 업체와 관련된 주식을 물색하고 있"다는 사실이다. 그것도 "금강산으로 관광하러 가기 전에" 말이다. 바로 이 대목에서 하종오의 시적 통찰이 번뜩인다. 모르긴 모르되 칠레의 무역상은 똑같은 방식으로 남과 북의 경제행위에 참여할 것이고, 그러한 과정을 통해 남쪽 기업가인 그의 부는 축적되지만, 북쪽의 농업 노동과 농촌 자원이 어떻게 변모해갈지 예상하는 일은 어렵지 않다. 북쪽은 이러한 남쪽 기업가에 의해 노동과 자원을 제공해주는 그래서 남쪽 자본가의 이윤 획득에 이용당하는, 즉 분단 자본주의의 물적 토대 그 이상도 이하도 아닐 수 있다. 만일 이러한 사태가 일어난다면, 말그대로 '유감'이 아닐 수 없다. 여기에 덧보태, 남쪽 자본가는 북쪽 천혜의 자연경관을 물화物化의 대상으로 삼으니, 이후 한반도에 분단 자본주의가 횡행하지 못하리란 법도 없지 않을까. 이미 한반도에 대한 분단 자본주의의 인식은 러시아에서 일상의 구체성으로 실현되고 있음을 시인은 매섭게 갈파한다. 러시아인들은 "인건비 싸고 솜씨 좋"은 북한 사람을 노동력으로 삼고 있기 때문이다.

4. 탈분단에 대한 시적 예지력

남과 북의 상호주관적 관계의 새 지평을 모색하는 것과 지구적 시계視界를 통한 탈분단문학의 원대한 과제를 실천하는 것은 간단한 일이 아니다. 평소 교통량이 많지 않은 자유로가 남과 북으로 시원히 뚫려 있는 듯 보이지만, 자유로의 역할이 커지면서 교통량이 많아지면 자연스레 자유로에 진입할 틈이 좀처럼 주어지지 않아 극심한 교통 정체停滯를 빚듯이("자동차들이 가다 서다 반복한다 / 브레이크 페달을 밟았다 뗴었다 하며 / 내가 천천히 진입을 시도해도 / 자동차 운전자들이 틈을 내주지 않는다"―「정체」부분), 남과 북을 에워싼 복잡한 관계는 냉철한 이성과 인내, 그리고 언젠가 답보 상태가 풀릴 것이라는 의지를 갖고 있어야 한다. 그래야만 한국에 배치된 미군 병사가 한국의 분단 현실에는 무심한 채 오직 직업군인으로서 매달 수령하는 봉급만을 기다리다 못해 "코리아에서 전쟁 위험이 커질수록 / 병사인 자신의 봉

급이 안정적일 수도 있겠다는"(「셈퍼 파이!」), 어처구니없는 생각
의 맥락을 간파할 수 있다. 또한 한국으로 파견된 젊은 미군 장
교가 "한국인들은 전쟁을 원치 않기 때문에 / 이태원 밤거리에
휘황찬란 불 밝"(「첫 외출」)히는 것에 어리둥절해하는 이유를 이
해할 수 있다. 말하자면, 주한 미군에게 분단 체제를 살고 있는
한반도 주민들의 삶과 현실은 부차적 사안에 불과할 뿐, 자신의
경제적 이해관계에 충실한 것만이 최대의 관심사다. 그리고 이
것을 한국은 너무나 잘 알고 있다. 분단자본주의를 적극적으로
활용하고 있는 기득권은 주한 미군에게 치외법권을 허락하고 오
랫동안 이태원으로 표상되는 제국帝國의 문화를 만끽하도록 하
고 있는 셈이다.

이렇듯 하종오의 지금, 이곳에 대한 시적 인식은 예극적이다.
그러면서 그는 리얼리즘 시인 특유의 역사의 전망을 선취先取해
내는 시적 예지력을 보인다. 지금은 분단의 경계로 인해 자유롭
게 왕래할 수 없으나, 언젠가 북한의 저명한 저술가가 남한에
살고 있는 시적 화자인 '나'의 저작물 "문장 하나에 필이 꽂혀서
/ 나에게 사인을 부탁할"(「베스트셀러」) 날이 도래할 가능성을 꿈
꾼다. 어디 이뿐인가.

나도 언젠가는 북한에 다녀올 것이다
그때 문우가 물으면 나는 망설이지 않고
나만의 여행기를 이렇게

말할 수 있도록 변해 있기를 희망한다
북한 거리는 남한 거리보다 찬란하더라고
북한 문학가들은 남한 문학가들보다 예술가들이더라고
―「나만의 여행기」 부분

　폐색의 사회인 북한이 예전보다, 아니 남한보다 훨씬 민주주
의의 가치가 보증되고 그에 따라 북한의 예술 역시 남한보다 훨
씬 성숙해질 세상의 도래를 욕망한다. 하여 다시는 "자신이 쓰
고 싶은 문장을 쓰지 못하게 되자 / 시인이기를 스스로 포기"
(「한 재북 시인을 생각함」)하는 암흑의 세상이 북한에서 재현되지
않기를 시인은 간절히 희구한다. 그래서 탈북 처녀가 언제든지
고향으로 돌아가 남한에서 배운 미용 기술로써 부모형제의 머리
를 고향의 아름다운 자연의 풍경처럼 정성스레 매만질 날을 학
수고대하도록 한다. 바로 그러한 아름다운 일상의 풍경에 흠뻑
취하는 것, 이것이야말로 하종오의 탈분단문학이 꿈꾸는 '하종
오식 리얼리즘'의 진경珍景 · 眞境이리라.

　또 처녀는 북한으로 갈 수 있는 날엔
　빗과 가위만 챙겨 들고 가서
　늙으신 어머니가 밭고랑에 엎드려
　어지러운 쑥대머리를 하고 계시면
　꽃망울로 만들어드리고 싶고

늙으신 아버지가 산자락에 올라서
헝클어진 봉두난발을 하고 계시면
나뭇잎으로 만들어드리고 싶고
늙은 형제자매가 장마당에 나가서
제멋대로 머리카락을 빗쓸고 있으면
구름으로 만들어주고 싶었다
　－「손재주」 부분

신북한학

초판 1쇄 2012년 8월 27일
지은이 하종오
펴낸이 김영재
펴낸곳 책만드는집

주소 서울 마포구 합정동 428-49번지 4층 (121-887)
전화 3142-1585·6
팩스 336-8908
전자우편 chaekjip@naver.com
출판등록 1994년 1월 13일 제10-927호
ⓒ 하종오, 2012

ISBN 978-89-7944-404-9 (04810)
ISBN 978-89-7944-354-7 (세트)